KB060165

청어詩人選 381

꽃에 취하고 그리움에 핀 꽃

배제형 시집

청어 도서출판

표지화 : 록당 배제형

시인의 말

만삭된 문장을 정리하다,
오방색 가을 소리를 듣는다.
어설프게 쓴 시를 묻어 썩힐 수 없어
단돈 몇 푼에 시를 세워둘 주차장을 잃어버리고
나는 나의 한계를 벗어날 수 있었다.
주차장을 벗어난 시는 거리를 질주할 것이다.

생애 가장 잘한 일은 한바탕
시, 서, 화와 잘 놀았다는 것이다.

2023년, 숙호산방에서
배제형

차례

1부
보랏빛 새벽을 열고

2부
눈동자에 여린 모습

3부
가슴속에 담은 이야기

4부
낮고 천한 곳에 임하는

5부
계절 따라 사랑은 피어나고

6부
꽃에 흔들린 마음일까

1부

보랏빛
새벽을 열고

가슴 속에 쌓인 사랑

보이지 않는 그 사람
지워야 하는 익숙한 말,
일기장 속에 사과나무를 심었다

동공 일렁이는 기억들
문장 속에 글자를 바꾸고
혈관 속으로 들어가다

갈라놓은 인연 앨범 속
사진 한 장 아픈 사연
마음을 옮겨 적다

독백

그대 마주 보며 에스프레소
홀짝이는 소리에 감추어진
마음에 의미를 읽지 못했다

시공에 깔리는 햇살에
희석되어 마른 내 영혼은
그녀를 그리고 있다

허공 사이로 들어온 밀어
그댈 위해 시를 쓰다

엽서에 남긴 사랑

아무도 모르게 숨어서
헤어진 길을 바라보고 있다

가슴속에 펄럭이는 마음
말없이 떠나고

마음은 저 강물처럼 깊은데

옛이야기 가슴을 더듬고
졸이던 마음 다스리고
이제야 그 마음 덮어 두다

그대 보고픈 마음
복사꽃 피면 꺼내어 보리라

그리워하는 마음

당신 그리운 날

멀리 있어도 마음은
늘 함께 있기에 윤슬* 속에
그대 잔영 떠오르고

그대 마음 안에 조여드는
심장 깊숙이 시계추 하나
매달고 싶다

당신 마음 깊은 곳
먼 길 오가야 한다는 걸
왜 여태 몰랐을까

가슴에 쿡쿡 눌려
입 다문 하얀 포말처럼

*윤슬: 햇빛이나 달빛에 비치는 잔물결

세월 속에 남긴 숙제

빠른 세월 멀미를 일으키며
내달리는 세상

간단한 용건만 오가는
이메일 주고받은 이야기

아껴 둔 화선지에
먹물 찍어 붓끝에 그 사람
소식 줄줄이 달고 나오면

사무친 연서 한 장
남은 눈물 어찌할까

빈자리

떠난 사람 여백
텅 비어가는 자리

방금 떠난 그 사람
부르는 소리 대금
가락에 허공을 건너는 밤

사무친 얼굴 떠오르지 않아
듣고 싶은 목소리는 시공을 가르고

헐거운 마음 차마 눈물
보일 수 없어 구름을
베고서 돌아눕는 밤

보고픔 쌓이는 별 밤
쏟아져 내리고

기댈 곳 없어 허물어진
세상 마음 둘 곳 없어라

사랑의 고통

젊은 베르테르의 슬픔을
읽지 못한 문장의 흔적

책 속에서 그대 향기 반 박자
느리게 읽다가 무심한 듯
고요한 응시

흔드는 바람
한 박자 빠르게 눈을
감았다 뜨는 눈빛

아담의 신성한 육체를
밧줄로 꽁꽁 묶어 놓았다

해돋이

추억도 희미해지다

거대한 수평선 초대장 없이
열리는 연극 1장 한마당이 열리다

붉은 영혼처럼 느낌표 하나
떠오르는 장군의 용솟음치듯
위엄의 주연 배우

가난이 싫어 고향 떠나
유랑생활은 희망의 푯대인가

애타게 붉음을 토하는
소용돌이는 물음표이다

서로 배고픔을
탄식하는 붉은 영혼 되살아난
낙원을 위해 문을 연다

수평선 입구가 출구가 되는 것은
제자리를 지키고 있기 때문에

마음으로 그린 여인

비발디의 협주곡처럼
연한 선율 3악장 빠른 템포
그녀 어깨 위에 내려앉는다

바이올린 리듬이 그녀 가슴
시리게 흐르는 소나타

느린 악장에 초점
맞추지 못한 애증 어린 가슴
뜨거워지는 그때

차마 그 사람 말 다 못하고
돌아서고서야

꿈길인양 황홀한
아름다움에 옷을 입혔다

내 안에 잠든 사람

마음을 자르다가 실수로
내 안에 절름거리는 일

한 음절씩 아껴 부르다가
그대의 귀를 열어줄 때
손을 꼭 잡고 싶어

슬퍼하는 멜로디 꺼내보면
그 사람 언어는 말라 가겠지

언어가 파편이 되어
들리지 않기에 위안이 되다

사랑과 이별

시 속에 영혼을 붓질할 수
있는 것은 시인 특권이다

괴로운 표정 검붉은
창작은 갈 곳을 잃고서

밤마다 사랑과 이별을
반복하면서

적막 속에 색칠된
생명은 시인만의 붓질

사유와 사고 속에
퇴고를 거듭할수록 사랑은
여백 안에서 동거하다

잃어버린 사연

바코드에 저장된 글자
귓속에서 질문을 쪼개고

입술에 묻은 허물은
흔적을 남긴 아쉬움이다

검게 그을린 추상화처럼
그녀 얼룩진 생 타다 남은
동지섣달 함께 울던 설움이
동살 트다

서울 가는 길

허공 아래 도열 된 대지 위
길게 엎드려 기다리는 첫차
천릿길 편도 위에 뜻 모를
상형문자를 그리며 무늬 없는
어둠을 밝히고 가다
늘 그랬듯이 못난 아스팔트
울음으로 질주하는 차창에
서러운 속죄의 손금 그어지고 있다
이정표 느린 박자로 차창을
할퀴는 소리의 자국은 무언의 인도자
북풍의 모서리가 닳아
그 긴 육십령 터널을 마음 놓고
지나가는 소리는 그리움이
한 생애 쓸쓸한 자리이다
바람을 가르며 손사래를
하는 앞서 지르는 난폭 운전자
운명의 곡예사
표정 없는 차창에 기도문을
외우듯 웅성거리는 톨게이트
반갑게 맞이한다

사랑으로 물든 계절

시월의 색깔이 붉게
익어가는 계절

가슴에 머무르지 못해
떠나가는 그 사람

삐거덕거리던 숱한
이야기가 기다림에 보낸
삶의 끝자락에 멈추고

떠도는 거품처럼
밀려왔다 가버리는 인연
바람에 매달려

마음 아리고 쓰린
기억 엉켜 어쩔 수 없이
바라보아야 하는 연민

꽃에 취하고 그리움에 핀 꽃

여명의 모서리 딛고
모음과 자음을 섞어 껍질을
벗겨낸 문장이 다시 피어나
꽃으로 환생하는 것

상하지 않은 목소리로
한 옥타브 높여 첫 문장을 여는
가슴에 무명 꽃 한 송이 피어나고

꽃에 취하고
그리움에 핀 꽃

그대 없는 거리에 꽃피워본 적 없는
한나절 풍경에 쫓게 간 하늘

언제나 마음의 빈칸에 그려지는
꽃은 해서, 행서, 초서로
허공을 울리며 여백에 기웃거리다

어느 별을 보고 있을까

서부시장 채소 이끌고
반듯한 간판도 없는 인도

좁은 노천 바닥 붉은 고무대야
파릇파릇한 하루치 생계가
오므라졌다 펴졌다 한다

새벽 장을 보러 나온 아낙
채소 집었다가 천 원을 깎는다

구겨진 천원 몇 장 들고
마수다, 퉤 퉤!

피워 낸 소망 한 장이
앞치마 속으로 들어가다

저녁별 보면 두둑한 하루가
그 안에 있을까

햇살 비켜 가는 이마 주름 사이로
빗살무늬 느리게 피어나다

주님뿐입니다

단 한 번밖에 부르지 못할 이름 있다면
부르다 죽어도 괜찮은 이름이 있다면
영원히 불러야 할 이름이 있다면

부르면서 감사가 되는 이름은
예수님 당신뿐입니다

한 번 그릴 수 없는 얼굴 있다면
보고 싶은 얼굴 그릴 수만 있다면
늘 바라보아야 할 얼굴 있다면

그리면서 사랑이 되는
당신이 아니면 누구겠습니까

한 번밖에 찬양할 분이 있다면
찬양밖에 드릴 것이 없는 분 있다면
죽어서도 찬양할 분은 그리스도
예수 나의 왕

오월의 노래

구들장 깔고 앉은 자리
아픔을 벗어나지 못한
뒤안길 환히 밝히고 싶다

길섶마다 꽃이 피어나듯
몸으로 묻어나는 향기 좋은
시를 한번 쓰고 싶다

세상 들려오는 소리
다 사라진 후 남은 언어는
가슴속에 소리 없는 울림 되어
무거움 벗어나는 것

머물다 간 계절

그 사람이 남기고 간
흔적 마음속 대못 하나
쉼표처럼 자리 잡고

어깨에 내리는 시어들
떠나가는 자리에 문장을
해독하고 허공을 두드리는 밤

책갈피 속에 숨은
한 자 한 자 깨어나
허공 속 여백에 일어나다

2부

눈동자에
여린 모습

동심의 고향

눈동자 속에 일렁이는 푸른
냇가에 숨어들었다

한 발짝 살살 밟다 보면
아이들 웃음꽃이 피어나다

엄마 치마폭에 숨어
훔쳐보던 새하얀 꿈들

밤마다 상큼한 맞바람
맞으며 도란도란 이야기
꽃 피우던 어린 시절

엄마 발길 사라져 버린
오래된 기억 속에 추억이
새록새록

사금파리로 소꿉놀이 가슴 가득
꿈 키우며 살았지

살면서 애타게 부르는
내 엄니 젖가슴이 보인다

나의 일기

흐릿한 아침 마음에
창을 닦고 있다

제멋대로 생긴 삶
세상 언어 정돈 되어 가고

아무도 알지 못하는
마음 높이만큼 쌓인 생각
밤을 알리다

창을 열면 자연의 소리
서서히 잠에서 깨어나고

삶을 거둘 때까지 이야기가
끝없이 이어지고 있다

일기장 속에 든 세월

흔적 없이 가는 세월
이별자리를 더듬어 보다

연한 바람은
우리 사이에 희나리로
두고 간 그 자리

바람에 흔들린 마음
실오라기로 보풀 거릴 때

함께 걸었던 바람
뒷모습 추억이 떠돌고

가는 세월
또다시 날이 밝아오면
바람도 따라가겠지

눈에서 본 물음표

TV에서 들려주는
간밤의 뉴스 언어가
허공을 삼키다

일그러진 세상
핏발선 꼬투리 쏟아내던
정쟁들 십 년을 넘어
쉬이 보낼 수 없는 이들

뿌리내린 정치 9단 지워야
한다는 저 목소리 기억마저
퇴화된 침묵이다

믿음이 빠져버린 헛구호는
불을 질러 놓고 심장을 파먹는다

마음 어물어물 귀의하는 밤
이 나라는 어디로 갈 것인가

초승달은 뜨고

시들어진 하루를
접어두고 두 눈은
잠을 부르다가

문득 초승달
눈썹 사이로 비집고
들어와 생긋이 웃는
여인을 색칠하고 있다

가슴에 맺힌 멍울은
말이 없고 가끔 떠오르는
것만 쓰고 그리는 마음이다

추억

인적 없는 시간
꽃처럼 지고

맑아질 수 없는 망막
눈물인 듯
안개인 듯

네
생각 떠돈다

겨울 여인

눈빛 짙은 그녀
속은 알 수가 없다

정지된 시간 넋을 잃고
눕는 동안 가슴을 적시는
누드화 한 점 풍경이 따사롭다

소담스런 맵시에 그녀가
무채색 나를 만나다

그녀가 묵묵부답,
색소폰 소리에 맞추어 밤을
블루스로 가르는 자웅이체

그윽했다가 요염했다가
소용돌이치다가 나풀거리는
그녀는 특수키로 봉인된
은밀한 본색이다

휘파람 부는 날

투명한 보랏빛 한낮에
핀 새아씨 자그만 별꽃

베일 속에 감추진
낡은 유행가에 나오는
멜로디 눈 감으면
떠오르는 얼굴

낯익은 휘파람 소리에
차디찬 입맞춤을 마시다

순하디순한 얼굴 잔잔히
흘러가다

카페에서

조명등은 별처럼
깜박이다

내 시야에 들어오는
풍경은 향기에 졸고 있고

마음을 적시는 삶의
이야기 커피 향에 묻어나다

목젖에 타고 흐르는 이미지
기억 속에 짙은 향

이 밤도 깊어만 가다

훗날

하나둘
사라지는 시간
외롭지도 않은 날
하현달 밤
임을 기다린다면

그 사람

하얀 눈물 시어 속에
어루만진 애틋한 사연이

어느 날 간간이 생각난
그 사람 이름 부를 때

그대 이름 안에
젊은 날의 아름다운 회상

희디흰 보름달 같은 잔영
꿈 속에서 사르르 잠이 들다

이런 날

누더기 같은 구름 등짐 지고
하나 더 지고 싶다

이왕 지고 가는 일상
뭐 그리 풀어 보면
옆에 있는 것은 하루살이 일몰

시야에 밀려오는
수 없는 구름 골리앗크레인으로
삶을 허공에 던져보았지

으악새

당신 앞에 한없이
흔들리고 싶다

그대가 흔들어 준
애달픈 임의 노래
나지막이 부르다가

은빛 같은 침묵
하나뿐인 그대를
향한 눈부심에
늘 곁에 있고 싶어

얼룩진 시간

한 통 편지
날아온 늦은 시각

기억 속으로
모아 둔 연정을
그에게 답장을 쓰다

긴 시간 퇴색된
한 장 사진을 꺼내
답장 속에 끼어 두고

추억에 남겨진 모습이
허공을 가르다

생각 끝에 눈물

무심결 그대 얼굴
떠올리고 해 질 무렵
휘청거리는 밤길이 무겁다

눈 감으면 오직 하나
그대 슬픔을 등에
업고 꽃잠을 자고 있다

내 망가진 거울 앞에
흘린 눈물 시간을 만지다

지울 수 없는 그녀
흐노니*에 사라지는 기억

삭막한 공간 바람 같은
몸부림의 세월 시나브로
눈망울 속에 취해가다

*흐노니: 애타게 그리워하는 것

시인은 말한다 1

시상은 가슴속에
울부짖음의 노래이다

시에 맴도는 형체
허공에 낭송 소리 익어가고

낭랑한 목소리 앗아간
바람결에 목마른 시인이다

가난한 시인은 세상
걱정 지우고 달빛에
그림자만 살찌우고 있다

시인은 말한다 2

가난한 이 밤을 견디듯
말라붙은 가슴도 젖는데
바람은 젖지 않고

살아온 나날이 아슬아슬한
곡예사의 멋진 내 영혼

눈빛으로 읽어보는 그대
꽃송이를 나누고 싶어

불빛처럼 환한 얼굴이
미소로 흐려지는 밤

우리네 세월 그 길목에서

가슴에 묻어둔 소망

그대가 들려주는 간밤의 소식
목이 길어진 그리움뿐

조여드는 심장 깊숙이 시계추
하나 매달고 싶다

미소로 혼자 건너온 세월
가슴에 쿡쿡 입 다문 세상

아쉬움에 보낸 시간 남겨진
안타까움을 벗어날 수 있다면

화실 이야기

몸속에서 이상한 상형문자가
서로 엇갈린 대화가 흐르고 있다

창밖에 떠도는 글자는 그림자로 졸고
말 없는 바람 고이 접어서
주머니에 넣는다

반쯤 남은 하루 캔버스에
붓을 희롱하다 구부러진
여백에 구름 한 점
그리고 가다

붓으로 흔드는 손끝에서
풀어내는 이야기 줄을 서다

3부

가슴속에
담은 이야기

4월의 예감

아픔을 겪고 난 뒤
우듬지에 전하는 말 한마디

낡아버린 겨울은 주름이
지고 연두색 벌레 한 마리
꾸역꾸역 움츠리고 있다

3월 사이 언어와 몸짓
영문도 모른 채 흔적을 남기고

언젠가 본 듯한 벌레
숨소리 엿듣다가 새싹이
가지마다 헤매며 나오겠지

나그네

가을 한 봉지
불그스레 익어가다

찬 공기 낯설게 지나가는
가을은 삶의 1장 2막

야윈 흔적 곰삭은 언어
떠나가는 길손

가는 여정 목쉰 노래
부를 듯 말듯 지나가다

밤에 우는 새

부르다 지친 계절
잊고 지나간 그림자를 움켜쥐고서

가지에 앉은 두견새
저들 언어는 서정시가
되어 세상에 떠돌고 있다

바람이 걷어내는 진한 눈물
사무침에 외친 신음의 곡조인가

저들이 울고 간 일상의 끄나풀
끊길 듯 끊길 듯 한없이 걸려 있다

마음에 그려 놓은 사랑

그대 목소리는 허공을
맴도는데 목쉰 바람
내 귓전을 두드리다

그리워하다 열지 못한
세월에 지우고 남은 흔적

마음에 삭풍이 돋아나고
기다림 속에 그대 웃는 모습
그려보다 아쉬움만 피어나고

아슴푸레 기억에 자리 잡은
동공은 말라 가고 눈시울만
붉게 물들이다

그대는 내 사랑

차디찬 눈빛에 일렁이는
마음 그녀 붉게 핀 입술은
밤을 삼켜 버리다

끝나지 않은 일상에
파고드는 그대 마음
시를 쓰고 있다

이 밤도 못 잊어 헤매는지

달을 사랑한 사람

그 사람 스캔하자 초승달
구부정한 넋 돌아오지 않는 밤

형체 없는 바람
엿보며 지그시 웃는다

그림자 옆에 앉자
뜨겁게 몸을 달구는 것을

돌아보는 순간 낯선 구름에
묻힌 그대를 시공에 그리지 못하고
바라만 볼 뿐

헝클어진 마음 꽃피울 때까지

그대 모습 쌓일 때

잊을 수 없는 사람은
때론 시간에 실려
낙엽처럼 떠나가고

찾을 수 없는 기억들
밀려왔다, 흘러가는 시간
속에 다시 시가 되고 만다

별이 쏟아지는 밤에
넘긴 페이지 낯선 소문자로 되어
긴 고백이 한자리에 모이고

그 사람 그림자
흘러넘치고 유행에 한평생
영영 건너지 못하는 생의 이야기

허전한 밤중 그대 모습 그리다
풍경소리만 요란하게 들리다

지워지지 않는 것

마음에 기다림
눈 돌릴 틈 없이 말랐다

그녀 체온 외롭게
떠 있는 마음

물컹한 몸뚱이 안에
꿈틀거리고 지워지지 않는
시퍼런 연민이여

그리움 숨겨두고

사색에 하루를 보내고
지조 높은 그녀 눈은
열렸다 닫혔다 한다

살아온 아픈 기억 속에
어제 들었던 음악 되새김질하고

슬픔에 고백 되어 그 사람
그림자 속으로 발을
내딛는 날이다

사무친 사랑

파도에 흔적 씻기어
지워진 지 오래다

모래성에 쌓인 흔적
그녀 그림자 물결에 일렁이고

마음 익어갈 때 그대
발길 찾아 끝없이 걷고 있다

하늘이 맺어 준 인연
황혼 속에 사라지는
뒷모습 지켜볼 뿐

사부곡(思父曲)

세월 흘러 닳아
희미하게 바랜 글자 하나

갈 곳 없는 사람처럼
불러도 목쉬지 않는
미련 남은 몸부림이다

말 없는 바람 한 줌 스쳐
지나간 흔적마저 없는데

당신 아픈 생애 가슴에
차곡차곡 쌓여 온 보고픔

포화 속에 말없이 가신 날

오늘따라 마른 눈물로
그대를 불러 봅니다

나의 아버지

'6·25 한국전쟁에서 희생하신 아버님의 사부곡

아름다운 인생

개울물 소리는 인생의
노랫가락이다

누울 자리 공기마저
버리고 한 생애 꽃잎처럼
야위어가는 청춘

숙호산(宿虎山) 노을 깔고 눕는
시인, 마음 흐르는 대로
흐르는 대로 살아가리라

가을밤 연음

낮을 삼킨 저녁 염색
못한 으슥한 밤

귀뚜리 넋 나간 듯
세상에 없는 색깔을 읽고

가난한 밤에 말 한마디
건너지 못한 유목민의 생애

말랑말랑한 시간 속
연음 같은 소리에
삐걱거리는 밤이다

마지막 안부

계절 따라 돌아가는
시침 약속이나 한 듯
아프게 흐른다

오늘도 멀어져 가는
널브러진 흔적 쌓여가는
12월 빈자리가 외롭다

저물어 가는 지평선
이별의 흔적이다

그 남은 흔적 모아
마지막 연서를 쓰고 있다

받을 사람 없는
아무에게나 줄 수 없는
안부 수북이 쌓여만 가다

울 어머니

먼동에
저만치서
노을을
가슴에 품고

굴뚝만 한
바늘귀로
가난을 기웠는데

저녁녘
눈물의 표주박
부뚜막에 놓이고

가난이
살아나는
꿈 하나
저 바람에

부딪혀
조각나고
젖가슴
내내 울어

하 많은
시름 비워내는
옷섶에 핀 눈물 꽃

빗소리

지나가는 나그네
똑똑 노크를 하다

메마른 땅에 사라지는
손길 고달픈 삶을 적시고

잠들었던 이웃 깨어나고
돌아누워 뒤척이던 새벽은
인기척으로 오는가 보다

바람이 되고 싶어라

바람이 되고 싶어라

꽃을 보면 살짝
왔다 나비처럼
흔적을 남기고 지나가고

몸속에 다니던 산들바람
빈 마음으로 도금하듯
유채색으로 나를 만나다

가슴에 잔잔하게 일렁이는
한 생을 망각하는
바람이고 싶어라

언제 일어설까

굶주린 나무 곁에 서면
듣고 싶은 이야기가 있고

뿌리내린 언 땅에
울거나 두려움은 없다

허공에 말 못하는 언어
쏟아내지 못한 여음은
서서히 여리지고

마른 가지 끝에 살아온 나날
가냘프게 내려앉는다

양지 녘에 깨어나고
바람 소리에 헐벗은 나무여

고이 잠드소서

노을빛에 등짐 지고
끊어진 혈연 거절하는
달빛 서럽기만 하다

세상 인연 연연하다가
어설픈 인정마저 외면하는
주인 잃은 슬픔에

생을 살아 만질 수 없는
시간 영정 앞에 애타는 심정

이름 모를 무명초
이승에서 삶을 옮겨 간 슬픔이여

4부

낮고 천한 곳에
임하는

구월의 기도

하나님 아버지
이 땅 위에 코로나19가
소멸 되어 근심 걱정이
물러나게 하시고

자영업자들에 한숨 소리
그들이 원하는 보금자리가
안락하게 하소서

우리의 일상이 회복되고
치유되어 아버지께
드리는 예배가 묶인 것이 풀어지고
닫힌 것이 열리고 사랑이
채워지는 은혜가 풍성케 하소서

주님
구월에는 일어나게 하소서
경건한 믿음이 일어나고
정의가 살아나고
우리 모두가 하나 되어 일어나게 하소서

이 땅 샬롬의 나라가 되게 하소서

가을에 두고 온 시

서툰 문장 읽다가
허공 속에 드러누워

어떤 핑계도 댈 수 없는
책갈피에 숨어들고

시 한 편 부둥켜안고
시간의 타래박 줄을
올리고 또 올려 보다

비로소 다툼이 일어나
홀연히 시는 살아 숨 쉰다

바람은 마술사

바람을 한 번도
만져 본 적이 없지

햇살 보듬고 오는
건들바람 갈 곳을 잃고

철 따라 멋에
푹 빠진 변덕쟁이

나들이

잠이 들면 시간은
외출을 하다

어둠에 떠나지 못한 그녀
다가서지 못하는 어둠
그 속에 갇히다

낯선 어두움 모호한 시간에
어디로 가는 걸까

옛적 아버지처럼,
흔적을 남기지 않은 채

시간은 숨소리를
태우고 허공에 말없이
흘러가고 있다

눈물

마음 빈칸에 그려진
그대를 배웅하지 못한 나

허전한 마음 한 올 쥐고서

남은 건 화선지뿐
눈물을 그릴 수 있을까

노을

어둑발* 지천에
붉게 물들어가고

인적 없는 풍경소리
사랑채에 그녀 얼굴
빛이 익어가다

*어둑발: 사물을 분간할 수 없을 만큼 어두운 빛

등대지기

얼굴에 환한 미소
손사래가 하루 일상이다

남을 위해 산 세월
내 아버지 같아

어제나 저제나 언제 올지
몰라 안달하는 친구여

세상 구경 다 하도록
길을 열어주고

서로 돕고 의지하며
아름답게 살아가야지

일생

언젠가 붙잡게 될
모순들을 찾아 그분
앞에 드릴 때

사는 것이 올가미
인 줄 알지 못하고
끝 모를 뿌리로 세상에
뻗어 가다

삶이 피어날 때
허공에 푸른 날개 펴고
옷깃을 여미고 기도할 때

햇살처럼 밝은 여과된
삶 속에서 떠 있는 부표
줄줄이 일어나다

고단한 여정 명주실 엮어
놓은 질긴 인연 때문에

성탄

어두운 세상에 동정녀의
몸으로 나신 그리스도

부끄러운 자리에도
말씀으로 육신이 되어
오신 아기 예수님

이름 없는 마구간
구유에는 어느새 어둠
가시고 세상의 빛이 되어

2000년 전에 하나님 아들로
밤길 환희 길을 열어주시고
지금도 인도하신 주님
에덴을 회복하려고

육신이 찢기시고 양들의
믿음 소망 사랑을 심어 준
예수 그리스도

허공

마음 걸어 둘
공간도 없는 밤이다

한평생 떠돌다 가는
내 추억의 이미지

한 장 어두움 짙게 깔려
허전하게 접힌다

한여름 별 밤에

옛 생각에 젖어

명치끝에 박힌 고향
가시에 찔린 몽우리가
시가 되어 나오고

원근법으로 그린 채색화
뒷면에 숨겨진 미로의 세계

깡마른 그림자 지그시 웃는
서러움 상처를 덮어

세월에 굳은 하얀
그녀 생각에 가난한
마음에 물을 주고

심장은 그늘처럼 우뚝 서서
물씬 풍기는 그 사람 생각
점점 다가오다

비는 내리고

마음 밭에
허물을 벗고 내리다

움켜쥔 삶에
타들어 가는 대지를
싹 씻고 지나가다

거북 등으로 갈라진
세상 다독이다

천상의 꽃

당신은 꽃입니다

바람 따라 휘돌고 넘은
세월 기억 속에 잠이 들고

당신 오실 길 살아서
몇만 번도 땅을 치고
통곡한 이국땅에서 꽃잎
날개 펴지 못한 설움

아~ 조국의 슬픔이여

눈물 여울 수 없는 짓밟힌
청춘의 한을 어이 통곡하랴

하늘도 무심합니다

눈물의 견딤 온몸 겹쳐
내리는 한 아름의 슬픔은
고향도 잊었습니다

고통의 땅에서
나는 눈물 배웠을 뿐입니다

지금 말 못하는 이야기
풀지 못한 한 야속하기만 합니다

*일본에 강제로 끌려가신 할머니들을 생각하며

당신이라면

기별 없는 생각 겹겹이
쌓인 추억이 남루하다

명치끝에 박힌 시름
벗어날 수 없는 생각을
보듬고 살아가다

그대 한 세상 살아갈 몸짓
터울거리다가 기댈 수 없는 마음
밀려와 원망 없이 버티고서

언젠가
설레는 마음 보듬고 잠든 세상
일깨우며 오손도손 살아
볼 날 기다려 볼까

낙엽은 지고

순서 없이 바람 불어오니
말 더듬는 나무 낙엽은 떨어지고

익명으로 떨어지는 파편으로
시어가 흩어지는 비명
제 울음으로 휘감는 바람

멈출 듯 지나가는
숨 가쁜 한나절일 때
가슴 아래 그어지는 붉은 얼굴

차마 듣고 싶은 이야기를 하지 못해
다소곳이 지는 신음이어라

썰렁한 세상

익어가는 고요
다 떨어질 무렵이다

푸른 하늘 아래
바람만 살랑살랑

몸부림 쪼개져
파열음 꺼져가는 대낮

가득한 여백에 날벼락
생사람 잡는 고층 건물
깨지는 소리

세상 보는 눈도
때마침 설렁설렁
깨진 뒤 아쉬움이다

*광주 고층 건물 철거 현장 사고를 보고

숨겨 둔 사랑

희미한 마음 바라보다
기다렸던 마음 들킬세라
실바람에도 수줍어

저문 황혼녘 그녀
노브라에 숨겨놓은 홍시

마음에 내리는 애틋함이
흔들리고 있다

그대만이 아는 추억
시를 쓰다 잠이 들었다

그때 그 시간

저녁을 잘게 쪼개
희나리 필 때에
밤이 웅크리고 있다

너무 짧게 만난 그 사람
두 손을 마주 잡고

손으로 더듬은 기억
마음으로 읽는데 그녀
뒷모습이 아름다워

우윳빛 어둠 석양이
붉은 입술을 드러내다

생각이 쌓일 때

휘청거리는 오후 허기진 그늘
버려진 시각, 깊게 패인 상처
몸 기대인 채

막연한 기다림에 애태운
시간 초점 잃은 눈동자에 비친
거울 조각처럼 흔적 애잔하게 반짝이다

어둠 밤에 참을 수 없는 언어
잠 못 이루는 별 밤이다

한 편 시로
마르지 않는 하얀 밤의 풍경화

5부

계절 따라
사랑은 피어나고

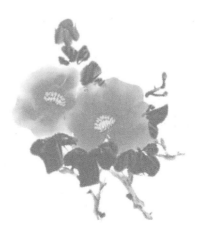

서쪽에 걸린 석양

염문이 어둠처럼 짙어지고
알몸은 달구어져 희임한 당신

자궁에서 양수가 터진
만삭된 그 사람 진통이 번진다

신음에 배어 나오는 산고에
숨소리는 저음으로 흐른다

여인은 달을 따라 기우는 붉디붉은
울음 한 덩어리 낳았다

밀회

시 한 구절 어두움에
부끄러움을 접었다

시공 속에 가린 속삭임은
잔물결로 멀어져 가고

옛 애인의 몸속을 다니던 바람
철없이 흐르는 화장 냄새

추억으로 엉킨 탐스러운
풍경화 한 폭 붉게 피어나는 여인
무늬만 남았다

다시 온다고 말할까

매 순간 내 음악
목록에 서성이고 있다

슬그머니 놓아둔
헝클어진 마음 매듭
이어져 풀 수 없는
사연은 아무 소용이 없다

평생 닿을 수 없는 꿈
해체되지 않는 기억은
세월을 읽을 수 없어

제목 없는 문장 허공에
떠돌고 어제 들은 노래를
지우고 가다

그녀 왔다 간 뒤
표정을 색칠하고 있다

이런 모습이라면

그대 진한 쌍꺼풀
누이같이 귀여운 모습
눈동자에 가득하다

빨갛게 익어가는
가을 단풍처럼 아름다워라

윙크하는 미소에 끌려
나는 한참 세월 속으로
끌려가다

바람은 무늬를 낳고
그녀 위에 앉은 햇살 말이 없다

내일은 다른 세상

이름 없는 들꽃 카메라에
담고 희망을 꿈꾸며

목마른 지난날 앵글을 잡고
희망의 버튼을 누르다

시야에 자리 잡은 눈동자
그을릴 때까지 조리개는
닫히지 않았다

스스로 낮추며 기어가는 삶
허리춤까지 차오른 달밤

피사체에 꿈꾸지 못한 세상
버튼을 누르고 누른다

흔들리는 사랑

엉킨 운명 끝없이 헤쳐
나온 질긴 인연으로
잠 못 이루는 밤이다

마음 아파오는 허물어진
텅 빈 세상

마르지 않은 기억도
썰물 져 간 빈자리에
고독이 물고 간 밤

바람은 싱겁게 자리를 뜨고
별빛 환히 보이는 외로운 그림자
흔들리며 지나가다

가을은 말없이 가다

바람은 나뭇가지 춤을 추다
허공에 붉게 물들이고

따스한 미소 얼룩져
낙엽은 모자이크로 그려지고

이름 모를 이방인 가을
한복판 툭 하고 떨어지다

그리움이 저물 때

내 품에 파고드는
작은 불씨 하나 머물러
추억 속에 맴돌고

심장에 뛰는 호흡 파도에
부서지는 속살 드러내며
철썩이며 사라지다

마음에 묻어둔 그대
가슴에 멍울로 남았기에

철없는 하루가 일몰되고
그 사람 흐르는 눈빛
내 어깨 위에 해맑게 웃고 있다

이정표

끝도 없는 길
어디까지 가야 끝이 보일까

허물처럼 벗어 훌훌 털어 보낸
가난이 보일 듯 제자리로 돌아와

밝아오지 않는 표백 되지
못한 이정표 앞을 가로막아

고난도 축복으로 가는
길이라고 그저 웃으며 가고 있다

봄빛에 핀 희망

그림자 밟으며
함께한 세월이다

잠시 머물다가 떠나는
얼룩진 속내 드러낸 모습

굳게 잠긴 체온
돌보지 않은 나날

풀지 못한 마음에
언어 하나씩 떠나보내고

새롭게 눈뜨는 희망
품고 살아가다

깊은 밤 지새우며

설레는 마음 하나 허공에 떠돌고
가슴팍에 초승달이 걸려 있다

마음을 관통한 날
바닥까지 쌓인 정분
차오르면 혼자인 걸 알았다

그녀 창문 밑에 선 치맛자락
끌어안을 듯 동동거리며
서성거렸지

늘 생각 안에서 푸는 사랑이여

이별

마음 한 움큼 쥐고
먼발치에 슬픔을 읽고

부끄러운 표정 가시기 전
그 사람 미소 연분홍빛으로
번져간 지 오래다

그 순수한 흔적을
지우던 그때
토라진 몸 노숙의 밤에

떨리는 심장
사르르 눈을 감는다

사랑의 예찬

가슴속에 간직한
그대 모습 한 송이
꽃으로 보렵니다

시들어 가는 순간
당신의 나라로 갈 것입니다

머언 세월 어느 때
세상 종말이 올지라도

당신은 나의 간절한
기쁨이라고 말하고 싶습니다

가슴에 부는 바람

물렁해진 맥박 팔딱거리는 박동
꿈의 높이도 낮아지고
허물어진 슬픔 밀려 들어와

말라버린 가슴
흔들릴 때 한숨 몇 올
잠시 꿈을 꾸다 잡힐 듯
잡히지 않는 망상들

무채색 잡념 비집고
들어와 여백에 쉼 없이
걸어가고 있다

가슴 깊은 곳에

심장에 뛰는 아쉬움
가슴속에 가득한 마음이라

파노라마처럼 비구상으로
남긴 붓끝에 그려보는 나의 모습

그대 눈동자 속에
여린 마음 깊은 곳에
언제나 허기진 마음은
나의 희망이기 때문이다

세상살이 1

바람을 쫓다가
물보라 춤을 추니 물을 가른다

바보 같은 시인아!

쯧쯧쯧! 물을 가르다
자네 마음마저 가르고 말겠다

세상살이 2

마음속에 끼어 있는
삶의 아린 시간들
옹이로 못질하고

여과되어 온 쓴맛
오장에 흐른 진땀 식힐
바람조차 없어라

굳은살 쌓이는 삶
헛발질 언제쯤 그칠까

사랑이 싹틀 때

눈물겨운 기다림에 흔적
내가 쓴 시 한 구절 그대
가슴속에 향기 되어 나오고

그대 뭉클한 마음 진한
잉크에 아름답게 쓰인 언어

색색으로 굴절되어
무지개로 피어나 가슴에 희미한
바람으로 남아

그녀 남긴 연민 흐릿한 시간
수북이 쌓인 침묵으로 하얗게
스쳐 지나가고 있다

황혼역이 어딜까

어디선가 노크 소리가 들렸다
깊이 박힌 심장에서 물렁해진
맥박이 팔딱이고 있을 때

팔목이 흐물흐물해진 하루는
삐끗한 허리를 만지다

몸뚱이 절반은 외로움이
둥둥 떠다니는 낯익은
흔적이 붉게 익어가고

사람의 흔적으로 살아서
쑤셔오는 뼈마디가 어둠까지
두꺼워진 지 오래다

황혼이 깃든 사람의 그림자

귓속에 먹먹한 저녁이 파랗게
멍이 들고 등에서 부화된 어둠을
끌고 가는 걸음이 낯설다

6부

꽃에 흔들린
마음일까

모란꽃 곁에

불타오르듯 사흘 두고
유달리 붉어 한동안 당신
기다리다가

그대 피어오른 모습
망막에 들어온 뒤 바라만
보는 것이 구슬픈 노래인 것을

화가는 꿈을 낳고
꿈을 키우며 그대를 지키고

바람이 쓸고 간 자리
벌 나비도 외면한 채
피어난 그대를 안아 보고 있을 때

메밀꽃

눈썹 사이로 뜬 수많은 은하수처럼
살포시 누운 모습

혼자 견딜 수 없는
애틋한 마음 나를 잠재우고

무심한 세월 덧없이
흔들리는 꽃그늘 속에 숨어들다

하얀 꽃잎에 아우성 하늘에 닿아
너의 고백 첫사랑의 노래
모데라토로 흐른다

지난날 잊혀진 이야기
허기진 가슴속에 기쁨 하나
몽실몽실 피고 있다

들꽃

가쁜 숨을 몰아쉬다가
달을 베고 누웠다

별을 덮고 잠든
여기 누운 잔상들

밤마다 얼마나 울고 울어
꽃을 피워 왔는지

가을

가슴에 놓고 간 풍경화에
경련이 일어나 등불이 되고

햇살 그을린 이름
움켜쥐고 아무런 대답 없는
옛 글귀 드러나는 흔적
시인의 마음속에 피어나는 연정

그 사람 앉은 생각 아리도록
끈질긴 시간의 환한 빛
얼굴에 화장을 하다

겨울나무

잠꼬대에 불시착한
우듬지의 아우성

껍질 안에 핏줄 살아
칼바람 후려치는 순간

버티고 선 가지
숨소리는 산책을 나가고

솜털 눈 내린 가지
철모르고 흔드는 새벽

고독으로 얼룩진 나목
어둔 세월 가고 나면
봄나들이 가겠지

그대와 나

소리 없는 울림이 되어
미소로 환히 밝히고 있다

붉게 상기된 그녀
몸부림에 눈시울이 붉어지고

뭉개지는 세월에 아픔이
그 곱던 모습 익어가고

눈물 같은 내 삶 속에
외롭지 않은 시집을 펼칠 때

그대 언젠가 기억에 남는
뿌듯한 이야기로 살아가고 있을 거야

물방울

천방지축 눈치도 없이
구르는 생이다

서로를 감싸며 불태우는
정열이 이글거리다

이들은 처연하게도
무정란이다

저 구르는 커플 애초로이
움켜잡고 있는 양수 떨어질
때를 기다리고 있다

반딧불

소리 없이 나와
불 밝혀 찾아가는 길

하 많은 시간
흘러도 어둠일 뿐

낡은 메모지 낙서처럼
남아 떠도는 영혼이어라

헝클어진 길은 어둠에
묻혀 헤매는 불빛
가슴앓이로 남아라

뜨겁게 피어오르는 긴 밤
성스럽게 흐르고 있다

장미꽃

삐죽한 가시 추억을 찌르고
바람이 꽃잎을 보듬다

수줍던 몸 뒹굴고 보듬는
것들마다 향기로운 데

지금은

눈꽃

슬픔을 펑펑 쏟아내는
서러움이 세상을 덮었다

칭얼거리던 바람도
수직으로 떨어져

그 사람 이야기가
하얀 여백 속에 수북이 쌓여있다

프리지어의 사랑

마음 그려낸 하늘
찡그린 선잠 그 사람
눈을 뜨다

내 안에 숨겨두었던 우정
다양한 색깔 따라
마음에 환한 빛을 비추고

외등 환하게 밝힌
창가에 프리지어 꽃향기
파리한 몸 감싸 안는다

이슬

달콤한 꿈속에서
헤맬 때마다

눈물 없는 세상
만들어 가면 어떨까

그런 네 눈물 꿰어
목에 걸고 싶다

단풍

햇빛 깊게 새긴 자국
꼬옥 움켜쥔 핏줄이다

물들지 않은 고목 아래
선 그녀 얼굴에도 물들다

금지된 색깔 감추고 싶은
심정으로 살아온 나날

가랑잎 안으로 뛰어든
햇살에 서러움 멍이 들어
잎 하나 뚝 떨어지다

봄의 노래

지워지지 않는 문양 씻어
그대에게 붙인 그림엽서

그 사람 마음 밭에
꽃향기를 보내고

눈부신 목련꽃
화려함 뽐낼 적에
여인의 계절인가

유화 물감으로 덧칠한
봄 길목에 서성이다

벚꽃

봄 풍경 깊어가는 수줍은
첫사랑을 마주한 듯
꽃 피어나는 정겨운 소리

여인 몸속을 다닌 바람, 봄 햇살
달아오르는 꽃물결 무리지어
빈자리 가득 채우다

꽃잎 지는 정겨운 소리
여백에 가득 채우고
행복의 음유시를 읊다

플리트비체의 꿈

어연 듯 가슴속에
플리트비체의 아름다움이
파노라마처럼 그 흔적
불타고 있다

꿈속에 둥지를 틀고 늘 푸른
그곳에 하늘이 열리다

나뭇잎 사이로 비치는 햇살
부풀어 오르는 꽃망울처럼
희망을 주워 담는다

해당화

타오르는 그리움을
달래는 섬마을의 소박함

수평선 바라보다
지쳐 잠든 가냘픈 모습

그대 붉은 미소 오월에
상기된 사랑의 꽃이여

수선화 필 적에

끝자락에 묻어 둔
마음은 수선화로 앉아

열린 바람 허공에
야무진 입술 가슴에
뜨거운 순정이다

표정 없는 웃음에
혼자만이 익숙한 말
부끄러워 꼬리를 내리고

정녕 듣고 싶은 사연
그녀 입속에 늘 길들어진 연정

토해내지 못하는
미로의 페이지를 넘기다가
그대 앞에 침묵하고 있다

목련꽃

힘겹게 일어서는 시공에
솜털 베고 꽃을 피워
눈물 바람으로 지새우던 아낙

시나브로 불어오는
애꿎은 바람 속살 시리도록
희미하게 미소 지을 때

봄날 꽃샘 바람에 향기 물들이며
눈부시게 웃는 그대이어라

그대 이름 앞에

한 움큼 손에 잡히는
안개가 자욱한 형상이다

언젠가 떠난 자리 지워지지 않는
몸부림 비워가는 시간의 허상

사라진 시간 풍경으로 남아
나의 고백이 누워 있다

풍선처럼 부풀어 오르는
지나간 기억들은 다시
도돌이표를 찍는다

꽃에 취하고 그리움에 핀 꽃

배제형 지음

발행처　　도서출판 **청어**
발행인　　이영철
영업　　　이동호
홍보　　　천성래
기획　　　남기환
편집　　　방세화
디자인　　이수빈 | 김영은
제작이사　공병한
인쇄　　　두리터

등록　　　1999년 5월 3일
　　　　　(제321-3210000251001999000063호)

1판 1쇄 발행　2023년 3월 10일

주소　　　서울특별시 서초구 남부순환로 364길 8-15 동일빌딩 2층
대표전화　02-586-0477
팩시밀리　0303-0942-0478
홈페이지　www.chungeobook.com
E-mail　　ppi20@hanmail.net

ISBN　　　979-11-6855-130-5 (03810)

이 시집은 한국예술인복지재단의 지원을 받아 제작되었습니다.